KB237379

청어詩人選 89

나그네의 행복

| 이현기 시집 |

청어

나그네의 행복

이현기 지음

발행처 · 도서출판 **청어**
발행인 · 이영철
기　획 · 최윤영 | 김홍순
영　업 · 이동호
편　집 · 김영신 | 방세화
디자인 · 김바라 | 오주연
제작부장 · 공병한
인　쇄 · 두리터

등　록 · 1999년 5월 3일(제22-1541호)

1판 1쇄 인쇄 · 2012년 1월　1일
1판 1쇄 발행 · 2012년 1월 10일

주소 · 서울시 서초구 서초동 1588-1 신성빌딩 A동 412호
대표전화 · 586-0477
팩시밀리 · 586-0478

블로그 · http://blog.naver.com/ppi20
E-mail · ppi20@hanmail.net
ISBN · 978-89-94638-80-5 (03810)

나그네의 행복

우리는 자연 속에서 자연의 일원으로 살아간다.

나라와 국가의 틀 안에서 삶을 이어가면서, 무엇이 참이며 무엇이 그릇된 것인지 알면서도 그냥 넘어가곤 한다. 어쩌면 나는 위선의 탈을 쓰고 있는지도 모른다.

우리가 살아온 사회를 가만 바라보면 변한 것은 하나도 없다.

욕심이 변했는가? 망상이 변했는가? 자본의 횡포가 변했는가?

권력으로 치부(致富)하려는 졸부의 몸부림이 변했는가?

사회의 일원으로 살아가는 평범한 나도 함께 부끄럽기 한이 없다.

자연의 큰 틀 속에서 우주를 바라보고 내 삶의 공간을 생각할 때 비할 데 없이 너무나 초라한, 하나의 꿈길에 불과한 나의 생활.

욕심이 무엇이며 사랑이 무엇이기에 이처럼 갈등과 고뇌의 길을 걸어야 하는가!

　살아온 지난 시간은 짧고, 그 여정에서 나를 발견하기란 참으로 힘든 일이다.

　우리는 평화와 사랑으로 살아가라는 하늘의 뜻을 버리고, 자비를 망각한 채 홀로임을 자랑하며 살아가지만, 정작 홀로는 살아갈 수 없는 것이 이 세상이다.
　그러나 내 마음을 나도 모르는데 상대의 마음을 어찌 알겠는가. 하나의 마음도 다스리지 못하는데 두 사람의 마음을 다스린다는 것은 어쩌면 불가능한 일이 아닐까.

　왜 살아야 하는가. 왜 글을 써야 하는 것일까.
　진실을 말하고 싶고. 진실을 토하고 싶을 따름이다.
　아무쪼록 조국과 국가 그리고 사회를 쓰고, 우주 공간의 나를 발견하여 온갖 진실을 토하며 살아가기를 원한다.

c·o·n·t·e·n·t·s

1

가슴은
외길을 걷는다

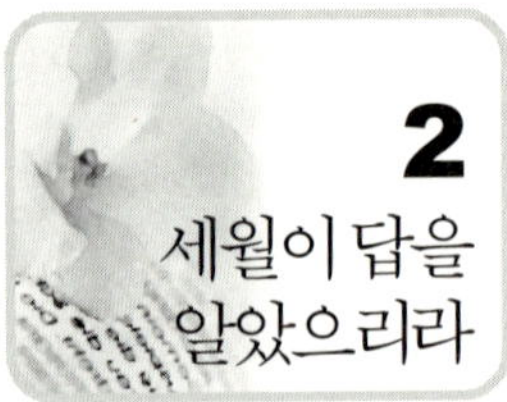

2

세월이 답을
알았으리라

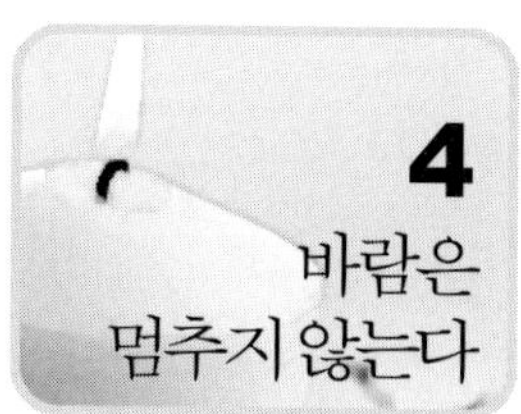

 ・・・・・ 나그네의 행복

1

가슴은 외길을 걷는다

메마른 영혼 덮어주고
아름다운 가을밤이
가만 안아준다면
모든 상념 없어지리라

• • • • • • 나그네의 행복

아름다운 영혼 앞에

진실이 세상 덮을 때
세상은 아름다움으로 변해간다

하늘은 맑고
가슴엔 태양이 가득하고
아름다운 영혼 앞에
나는 머리를 숙이고 말았다

자연을 바라보면 모두가 내 것 되니
참으로 행복하다

홀로 서 있는 당신 영혼 앞에
나는 이곳을 찾아왔지

하늘가에 보인 영혼
하얀 꽃 무언으로 달려들었다
당신이 지니고 있는 영성

곱고 순박한 하얀 꽃이어라

위대한 바보

세상의 모든 것을 얻을 수 없듯
어떤 것을 버리고 무엇을 얻을 것인지
참으로 가슴이 무너지고
미어지는 순간 맞이하며 살아왔다

내가 하는 일
부끄럽게 생각하고 있지는 않았는가
머리 숙여 내 가슴 바라본다

사람들은 부를 얻기 위하여
권력을 잡기 위하여
모든 것을 참고 견디며
삶을 영위하지 않는가

목표를 달성하기 위해서
자신의 꿈을 이루기 위해서
참으로 이꼴 저꼴 별꼴을 다 보아가며
사는 게 인생인 듯싶다

인생은 순간에서 순간을 살아가면서
자신도 모르게 망상을 잡고 살아간다

모든 것을 비워버리고
나는 위대한 바보처럼 살리라

가슴은 외길을 걷는다

그리움 밀려오는 순간
가슴앓이하면서
새벽녘 번개와 천둥소리
잠 못 이루게 하네

흐르는 세월 아름다운 세상
멈추지 못하네
오늘의 행복 잡아 새롭게 시작한다

메마른 영혼 덮어주고
아름다운 가을밤이 가만 안아준다면
모든 상념 없어지리라

홀로 피어 있는 가슴
하늘은 소리치며 새벽을 흔든다
사나운 번개와 하늘 가르는 소리
가슴은 외길을 걷는다

행복한 곰

나는 곰이다
재주넘는 곰은 행복하다
아무것도 모르고
진실만을 바라보며 행동하기에
행복하다

웃으며 바라보아도
나는 행복하다
진실은 하늘이 알고 있기에
나는 웃음으로
가슴을 푼다

어수룩한 곰은 오늘도 웃는다
세월이 훔쳐간 인생
그래도 진실은 살아 있다
재주넘는 바보는 행복하다

늘 푸른 소나무처럼

오십 육십을 헤아리니
엊그제 같은 세월
사계절의 오묘한 신비
빠르게 전개되는구나

봄이 왔다 가고 여름 오며
가을 기다리다 겨울 오니
세월 갈수록
허망함 간직하게 되는구려

세월 속에 묻힌
내 이그러진 몸뚱이
누가 치료할 수 있을까

꽃도 날이 가면
오던 나비 돌아가고
고목 된 나무도
죽어가면
눈먼 새도 오지 않는다 하는데

그래도 내 마음
늘 푸른 소나무처럼
살고 있다
늘 푸른 대나무처럼
변함없이 일하며 살고 있다

산들바람이고 싶다

사랑을 갈망하는 여인이여
나는 사랑할 위력이 없습니다
모래알이 없습니다

태양이 타들어가듯 나의 가슴도
타다 남은 불빛으로 남습니다
나는 세상을 떠도는 나그네입니다

산들바람이고 싶습니다
가랑비로 가고 싶습니다
육체의 노예로 변신하는 여인이여
영혼을 불사르지 마시옵소서

기쁘나 슬프나 나에게는 눈물이 따라다닙니다
가슴에는 슬픈 여인의 눈물이 묻어 있습니다
자연을 사랑하고 우주 공간을 사랑합니다

나는 기쁨의 씨를 뿌리고 당신 아이처럼
천사의 그늘에서 살고 싶습니다

나그네 별곡(別曲)·1

어둠이 와도 날이 밝아도
이야기할 수 없는 가슴
참으로 힘든 세월 앞에
머리 숙여 시간을 더듬어본다

먹는 것도 홀로 삼킨다는 가슴은
옛날 고구마 구워 먹던 순간이구나!
고향 애창곡 흘러나오면
나그네는 눈물이 난다

사람들은 모든 것을
한꺼번에 취하려는
욕심에 살고 있는 것 같구나

그래도 김치 한 가닥에
하얀 쌀밥 한 그릇은
참으로 행복한 시간이다

지나간 추억
훈련으로 다져진 시간 없었다면
오늘을 살 수가 있겠는가
하느님 감사합니다
나그네의 기쁨입니다

나그네 별곡(別曲) · 2

잠자는 야밤 바람이 걸어 들어오네
지나가는 바람
얼굴 밟고 지나가네

벽에 부딪혀 조각나는 소리
눈 떠보니 세상은 고요한데
머리는 혼란스런 순간 지나간 추억
가슴을 치고 있구나

요즈음 세상
자식은 있어도 부모가 없는
시대에 살다 보니
홀로 서 있는 오뚝이가
부럽다

행복한 가슴은 홀로일 때
밤을 찾는 주인이 되었구나

나그네 별곡(別曲)·3

다시 태어난다 해도
한 가지 꿈을 꾸고 싶다
바다 같은 깊은 마음 하나 잡고 싶다

세상 알기에는
비바람 몰아칠 때 한 그루 나무가
지탱하듯
몰아치는 풍파에 우뚝 서서
살아온 세월 바라본다

행복 모를 때
희망을 바라보아야 한다 했지
가냘픈 흐름에 지쳐
이렇게 잠 못 이룬 밤을 보낸다

살아온 시간 앞에 감사한 마음으로
하늘 바라본다
찾을 수 없는 초라한 인생
가슴을 열어본다

술 마시고 싶어도 홀로일 때는
세월을 마신다

나그네 별곡(別曲) · 4

눈 뜨면 새벽 공기 마시며
들을 달린다

허공을 쳐들며 하늘 바라보며
죽도의 바람이 불어
땀방울 만들어
가슴을 가라앉힌다

들려오는 소리라고는
강가에 물 흐르는 소리
세월을 싣고 흐르고 있다

아무도 없는 물가에
송사리 오고 가는 길목

오리 새끼들 먹이 구하다
사람의 발걸음에 날아가는 소리
세월을 담고 하늘로 날아가는구나

나그네 별곡(別曲) · 5

지나가는 행렬
연료가 타는 목마름뿐인데
소리 지르며 달려만 가고 있다

찬바람 스쳐가며 귀에 얼음 주고
기다리는 버스는 나를 반기겠지

행복한 출퇴근길 이어지는 시간
참으로 행복한 대중(大衆)의 일원이 되고

많은 사람들의 마이카 시대
줄줄이 이어지는데

홀로 서 있는 정류장의 가슴은
그래도 행복한 마음으로
저 너머 보이지 않는 버스를
기다린다

나그네 별곡(別曲) · 6

우리 고유의 명절
아름다운 만남의 날
한산한 추석의 아침

성주산* 올라 아무도 없는 외길
산의 오름에 모기 한 마리
윙윙거리며 나를 따르는구려

줄 것은 아무것도 없는데
아침도 먹지 않고
땀방울 고이게 하는 나의 정성을 모르는가

모기 아가씨
산에서 무엇을 얻기 위해
외길 막는 가냘픈 산적이 되었소

산 아래 많은 피가 있거늘
어이하여 이 외로운 산길에 남아
비틀거리고 있는지 알 수 없구려

산이 좋아 바람 좋아 숲이 좋아
이곳에 머무나

오고 가는 사람에 아무리 구걸한들
피 주는 산객은 없을 것인데
이 해도 저물어가니 편히 쉬며
다음 해를 기다리게나

*성주산: 경기도 부천시 소사구와 시흥시 대야동에 걸쳐 있는 산

불타는 태양

높은 창공에 떠 있는 태양
세상 바라보며 웃고 있다
스스로 불길 타오르게 한다

어둠을 물리치는 별이다
우주 공간 지배하는 마음이다
나는 밤마다 어둠을 생각한다

내 마음은 태양이다
밤마다 굽이치는 나의 망상
머리 짓누르는 죄 쌓아올리는 허상

머리 위에 새로운 죄 쌓지 않게 해달라고
마음과 태양에 기도한다
하늘이 무서워 괴로워하는
바다 위 파도

나는 행복으로부터 멀리 떠난 영혼
어렵게 자라나 괴로움 딛고 선
고향 없는 외로운 나그네

나는 침묵 속에 정렬(貞烈)을 쌓아올린다
집에는 여우가 없고
전쟁에 전우가 없다
나는 견딜 수 없는 고독에 젖은
나그네

인생 나그네

이 몸은 나그네
냄새나는 오물통
부귀영화
허풍선이라 하지만
유혹의 앞잡이구나

한평생 기다란 삶이라 하지만
아침의 이슬이고
저녁노을에 춤추는 하루살이다

세상의 모든 것 고통의 연속
애석하다
일촌광음(一寸光陰) 몰랐구나!
두 눈을 뜨고 산야를 걸어가자

흐르는 청춘

금세기 봄들은 몸살 앓고 있다
봄이 없어지고 여름이 오나 보다
강가에 비치는 일그러진 하늘의 모습 바라본다

피곤에 지친 나는
인생의 참을 모르고 살았다

강가의 벚나무 밑
그림자를 밟고 걸어간다
벚나무 가지 사이
바람 살금살금 지나간다

세월도 흐르는데 청춘인들 남겠느냐
청춘 앞에 노을이 기다리고
밤의 어둠이 오고 있다

늘 이렇게 다람쥐는 바퀴를 돌린다
청춘 뒤에 밀리게 하는 세월이 있다
세월은 청춘을 놓고 가려 하지 않고 있다

내일은

밝은 하늘 맑음으로 가득 차 있다
구름 한 점 없는 창공
맑음 아래 하늘 바라본다
가슴 바라본다

은행나무와 벚나무는 속삭이고 있다
맑음의 하늘과 이야기하고 있다
멀리 보이는 산 그림
향수와 그리움의 선율 찾아 가슴을 헤맨다

홀로일 때 몸은 떨리며
높은 하늘에 미래의 내일
아름다운 사랑 꽃다발 되어
찾아오는 걸음 보인다

마음은 터질 듯 부풀고
가슴은 태양과 함께 타고 있다
그러나 내일은 알 수 없다

혼으로 채우게 하소서

세월이 가기 전에 사랑하게 하소서
꽃잎 우거진 그늘에서
차분한 한국어로 가슴 채우게 하소서

여름에는 바다를 거닐게 하소서
넓은 광야를 걷게 하소서
오직 한 친구 선택하게 하소서

가장 아름다운 시간 잠재우기 위해
실체에 얼룩진 사랑
진실되게 하소서

가을에는 홀로 있게 하소서
고요한 바람과
아름다운 그림 얻게 하소서

나의 의식 산골짝 계곡을 지나
막다른 절벽에 다다른 한 마리 토끼와 같이
나를 몰아주지 마소서
귀한 친구를 얻게 하소서

바라보는 순간

침묵하기 위해 높은 산 바라본다
마음 찾는 유일한 시간이기 때문이다
황소같이 일하기 위해 시간을 잡아본다
생산의 조건을 만족하게 해주기 때문이다

돼지같이 먹는 시간 가져본다
일할 힘 비축할 수 있지 않겠는가
곰 같이 잠을 자본다 그것은 휴식으로
내일을 위해 필요한 조건이기 때문이다

말하기보다는 듣는 데 힘을 써야겠다
그것은 더 많은 지혜 얻어오기 때문이다
운동하는 시간을 찾아야겠다
젊음을 주기 때문이다

남에게 친절한 순간 놓치지 말아야 하겠다
마음의 행복과 친절이 다시 찾아오기 때문이다
이웃을 살피는 시간에 인색하지 말아야겠다
더불어 사는 사회를 만들기 때문이다

사랑하고 사랑받는 데 인색한
내가 되지 않기 위해 노력해야겠다

태어난 보람 알게 되기 때문이다
우리는 누군가를 사랑하기 위해서 태어난 것을
알게 되기 때문이다

웃으며 살아가는 시간을 찾아야겠다
나는 웃음을 잃은 지가 오래되지 않았는가!
그것은 자연과 함께 노래하는
하늘의 영광이기 때문이다

나를 바라보는 시간을 가져보리라
남을 바라볼 수 있는 기회가 오기 때문이다
기도하는 시간을 가져보리라
내 가슴의 영원한 보물
찾을 수 있는 기회를 얻기 때문이다

백발의 향기

백발의 커피
마시는 입가에
환한 미소
커피는 즐겁다 하네
백발에 넘어가는 향기
어디서 건너온 향기냐
조선에 자리 잡은
검은 향

백발은 노래하네
밀려오는 문화
춤추는 검은 향
외롭게 들려오는 조선의 향
어디로 흐르는가

백발의 아낙

푸른 하늘 아래 펼쳐지는
대지의 입김
작열하는 태양의 숨길

바람에 벗하며 들녘은 익어간다
까만 얼굴 태우며
밭을 거니는 백발 아낙네

가을 사랑 심어간다
가슴에 온통
추수할 사랑만 들어온다

백발의 가슴 들녘은 태양을 마신다
촌사람 집합소 수도(首都)에 사는
아들에 보내는 가을 편지

익어가는 배부른 추수의 소식
전하며 살아간다

• • • • • 나그네의 행복

2

세월이 답을
알았으리라

세월이 답을 알았으리라
진실의 옹달샘 마르고 말았구나!
모두가 내 탓이니
조국을 원망하지 말자

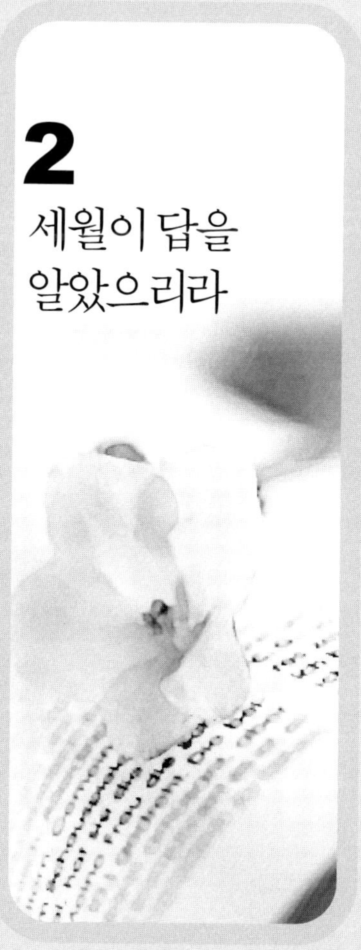

· · · · · 나그네의 행복

씨알이 되었다오

하얀 백합꽃 피며
백의민족 알리는 가슴으로
살았네

밭가지 갈며
논두렁 하얀 무명옷 입고
김매는 농부의 소리

풍년 알리는
우리의 행복
씨알이 되었다오

수정처럼

작은 모래알 하나
이리 굴리고 저리 굴리는 빛나는 수정
바다에 이리 밀리고 저리 밀리는구나

내가 모래알처럼
굴리며 밀리고 사는구나
말없이 굴리는 빛나는 수정

그래도 그는
자기 몫을 다하면서
바다 백사장 만들어내고 있는
혼이어라

작은 수정처럼
내 몫을 다하면서 살고 있는지
부끄럽기 한이 없다

나를 바라보면
어쩜
그들보다 작은 내가 아닌가
정말 나는 작은 영혼 중에서도

더 작은 영혼의 혼 되어
자기 몫을 다하는
빛나는 혼이 되고 싶다

나는 참 행복했다

온통 어머니 생각뿐이다
나에게 행복이란 단어는 없었다
기도하는 날은 즐겁다

봄여름에는
논밭을 향하여 일을 해야 했다
가슴에는 온통 피가 섞인 울음이었다

그러나 기도의 위력으로 살았다
나도 모르게 기도를 했다
모든 것이 불안하고 암흑의 그림자로
살았다

누나는 삭발시켜 집을 나가게 했다
온통 눈물의 항아리였다
겨울철 맨발의 소년은 용감했다

때로는 고구마 하나로 밤을 지켰다
군고구마는 참 행복한 배부름이었다
가을맞이 고추 따는 소년은 눈물을 훔쳤다

하늘은 알고 있다
이 모든 것은 하늘의 가르침으로 살았다
나는 참 행복한 날을 보냈다

나보다 낮은 자는 없다

높은 산은 외롭다
바람에 시달리고
눈비에 어긋나는 상처

신도 숨어 비틀거리며
내려오는구나
자연의 이치는 늘 높은 곳에서
낮은 곳으로 내려온다

계곡의 물도
낮은 곳으로 흐르기에
낮은 계곡 늘 살아 있구나

낮은 자세가 높은 자세보다
더 좋은 것이라 생각해본다
낮은 자세 낮은 포복하며
살아가련다

나보다 더 낮은 자는 없다

초침

우주 공간 폭풍우
휘몰아치며
세상 흔든다 해도
벽에 걸린
초침 세월을 만든다

영혼이 사는 공간
끝없이 이어지고
상처 입은 삶의 가슴

육체의 아픔을 달래며
한순간 억제하지 못하고
달려만 가는
내가 한없이 부끄럽구나

맛의 보물

소금은 흔한 태양의 산화물이다
우리가 살아가는 데는 절대적인
맛의 보물이다

예수님께서 너희는 소금이니
맛을 잃지 말고 사회를 밝히라 하신 말씀
참으로 얼마나 멋진 교훈인가

세상에 맛없는 삶을 산다면
그 얼마나 불행한 일이냐
이웃 속에서 그들의 양념으로 살아가야 한다

많은 사람에게 얼마나 맛있는 역할을 했나
생각하면 나는 참으로
싱겁게 살아온 표본이다

하늘 바라보니 참으로 부끄럽기 한이 없다
소금은 썩지 않게 한다
나는 세상을 살아오면서
썩지 않는 사회를 만들었나!

작은 역할이라도 했나
생각하면 아무것도 아닌 모래알이다
사회는 향기 나는 썩지 않고 맛있는
삶의 터전이 되어야 한다
우리 자신이 말이다

노점 할매

서로 좋아 얼굴 내밀었지
한 잎 두 잎으로 정을 만들었네
비 오면 비에 젖으며
눈 오면 눈 맞으며
거리를 헤매며 노점 찾아 나섰네

작은 잎이 태산을 만들었네
좁은 가슴 넓은 바다 만들었네
깊은 바다 속 산호가 살아 있네

아
이마의 주름가에
하얀 머리 웃음 짓네
이생에서 쏟은 일이 무엇이냐
묻는다면

주저 없이 말하오리다
한 잎 두 잎 줍고
윤리를 모았노라고
할매는 오늘도
환한 얼굴 내보인다

세월이 답을 알았으리라

설악 넘어 금강산까지
왜 이리 멀고 먼지
반세기 동안 살아남은 눈동자
가슴 아프다 투정하지 말자

삶의 모퉁이
세월이 답을 알았으리라
진실의 옹달샘 마르고 말았구나!
모두가 내 탓이니
조국을 원망하지 말자

세상은 메마르지 않았다
산에 피는 꽃은
누구를 위해 피는 것이 아니다
그냥 그렇게 하늘의 뜻 말할 뿐이다

객(客)으로 떠나간다

천지만물 주인은 누구인고
인간은 주인 행세하다
아무것도 남김없이 가는구나

어느 날 객(客)으로 들어와
주인 노릇하다
객(客)으로 떠나간다

정작 주인은 말이 없다
소유하지도 않고
모든 것을 주고 지켜보고만 있다

그래서 영원한 주인도
영원한 손님도 없는 게
우리가 살고 있는 공간이다

여름밤 하늘

장맛비에 젖은 여름밤이여
무더운 밤 달리는 승용차 소리
희미한 곡선을 그리며 사라진다
나는 몰래 그 소리에 빠진다
가지에 피어 있는 꽃들도 잠을 잔다
아! 모든 기억은 빠르게 사라지고 만다
망상만이 끊임없이 떠오른다
화려한 청춘의 소리도 사라졌다

당신은 어디로 사라졌는가
비록 내가 청춘을 즐긴다 해도
지나간 순간의 너를 기억한다
머리에는 최상의 청춘이 맴돌고 있다
그러나 사라진 후다
오! 비에 젖은 여름밤이여
금강골*에
나를 만족시켜 줄 밤하늘 보게 해다오
꿈으로 가득한 별 바라보게 하소서

*금강골: 해남 금강계곡

진실과 슬기

금강계곡
햇순 돋아나는 소리
들리고

뿌리에서 새싹
움트리라
하늘에서 평화가 움직이니
진실과 슬기의 가슴

경륜과 용맹이
어찌 힘이 없으리오
생각과 행동이 같아야
희망의 싹이 세상을
아름답게 장식하리라

보일 듯 말 듯

겨울비 내리는 금강골
그 외길
우산 들고 지나가는 길손

빗방울 호수에 녹아내리듯
지나가는 발걸음
계곡을 딛고 넘어가네

허공에 띄워버린 가슴
가로등 불빛
안개의 늪으로 들어가네

보일 듯 말 듯한
사랑의 영혼
불러보아도 대답 없이
조용한 겨울밤은 고독을 삼킨다

혼자 걸었네

흘러간 세월 뒤로 두고
추경(秋耕) 앞에 깊어가는 가을
하루가 시작된다

아침은 아침으로 우리 가슴 밝게 하고
노을에 춤추는 어둠의 그림자
아른거린다

흘러간 시간 앞에
추억의 갈대 모습
가을 따스한 정이 그립다

금강골 길 사이 대문 앞
오동나무 사이 혼자 걸었네

비워버린 가슴으로 허전한 발길
지나간 삶 속
어린 시절 추억 속으로 들어간다

봄을 사랑으로 마신다

허허벌판 우주 공간
모든 것을 안아 들고 있다
세상의 모든 풍문
회오리 돌풍으로 변한다

벚꽃이 만개
개나리 늘어진 손을 뻗는다
가지마다 실바람
가만 앉아서 웃는다

구름 한 점 없는 봄날
흔들어 잠을 깨우고
비탈진 진달래꽃도
샛바람에 가냘프게 흔들어준다

하얀 가슴으로 온 목련은
바람에 날리며 힘없이
낙하의 곡예를 맛보는구나
앞뜰에 동백은
봄을 통째로 마시고 얼굴을 붉히는구나

마음이 내게로 왔다

바람에 떨어지는 꽃잎이 내게로 왔다
걸어가는
나를 향하여 왔다

어디서 울음소리 들린다
갓난아이 울음이 왔다
꽃잎이 떨어지는 것도 아기의 울음도
나는 모른다

오늘은 어디에 머물 것인가
생각하지 않는다
나도 울었다 갓난아이처럼
그러나 나는 모른다

꽃잎이 떨어지는 것
아기의 울음도 괴로움으로 슬픔으로
근심에 싸여 나는 모른다
네가 웃을 때 내가 살아 있을까

장맛비

장맛비가 오면
먹구름은
하늘과 땅에 울음 남기고 간다
바람에 서린 가슴은
창밖 나뭇가지에 내려앉는다

먹구름이 울고 가는 날엔
눈물 자욱이 핏빛으로 변한다
어찌하여 한국 땅을 밟는가

아마도
갈라진 형제의
못마땅한 생각 때문인가 보다

비가 오면
하늘과 땅이 울고 있다
산야에 바다를 만들고 있다
성난 울음은 우리 가슴을 덮친다
그래도 조국은 말이 없다

뒤돌아보면

바람처럼 세월은 지나갔다
강물처럼 소리도 질러보았다
혼자 눈을 감고 누워 있으면
창 너머 햇살은 내가 기억하고 있는 것들을
희석시키고 말았다

차디찬 냉방에 누워 오랫동안
죽음도 생각한 날들이 있다
가슴은 뛰고 있었다
심장의 고동은 지금도 다름없이
가슴을 치고 있다

나는 아직도 생각에 젖어 있다
지나간 나의 가슴을 보고 있다
회오리치는 눈비바람

기도하는 성모상 앞에
성가를 부른 기억이 난다
그리고 사랑한 그날을 기억한다

달이 떠오르고 종소리 멎을 때
우리는 노래를 했다

모든 괴로움과 슬픔 그리고 사랑도
어디로 흘러갔는지 분간할 수가 없다

나에게는 모든 것이 달콤했고
쓰라린 슬픔으로 가슴에 남았다
검은 눈동자의 단발머리 여인과 사랑을 했다

그의 빛나는 눈매
내 가슴의 아린 부분까지 들이마셨다
신은 무언으로 나를 부르고
천국과 지옥의 문 말해주고
세상을 회전시켜왔다

무엇을 사죄하고 기도해야 하는 것인지
내가 괴로워하던 것들이 모두 사라지고
의식을 감지 못할 때는
괴롭히는 것은 하나도 없을 것이다

안개 낀 들녘

어제도 오늘도 초록 위에
안개가 떠 있네
계곡에서 흐르는 물소리
아침 깨우고

계곡에 서 있는 오동나무
부동자세 움직이지 않는 것은
바람이 잠자는가 보다

멀리서 논둑 깎는 소리
또 하나의 삶 시작되는 소리외다
안개 낀 아침에는
뻐꾹새도 울지 않는다

조용한 아침
오늘도 뜨겁게 우리를 몸살 나게
삼겹살 더위로 이어질 것 같구나

덥다 해도 우리는
참으로 행복으로 산다
인생의 아름다움으로 산다
논둑 깎는 소리 삶을 재촉하는 소리다

단발머리

사막에 버려진
내 몸뚱이
외로움이 엄습할 때는

기도의 위력으로 살았노라
밤을 끌어안고
가슴 되어주는 사랑으로
꿈을 안고 희망을 먹고 살았노라

당신의 그 눈물
밤하늘 별 보고
단발머리와 사랑했던
그날 어찌 잊을 수 있으랴

구름아래

많은 사람 머리 위로
구름은 지나간다
부드러운 솜털 모양의 모습으로
가슴을 지나간다

푸른 하늘에 솟아나는
아름다운 자연의 세계
그것이 사실 나의 마음을
신비의 터널로 옮겨간다

순간 가슴을 떨리게 한다
자연의 모든 것을 구원하는
창조자의 물결은 끊임없이 밀려온다

나는 더럽혀진 망상으로
아름다운 향수를 바라는 것은
꿈인 듯싶다

3
여기서 살았노라

일 년 삼백육십오일 지나가면
다시 찾아오는 수레
멈출 줄 모르는 시간
넓고 끝없는 벌판은 허공이다

• • • • • 나그네의 행복

친구여 이제

친구여 이제
세월이 가까워졌네
어릴 적 충만한 삶으로
하늘의 보살핌으로 살았지

괴롭고 슬프고 아파하는
가슴으로 걸었지
행동은 멋대로 살지 못했지만
가슴은 마음대로 살았지

이제는 후회도 하지 말고
웃음으로 가슴을 맞이하며 살자

욕심 부리며
철부지를 가슴으로 안아보며
살았지

우리는 그것을 삼키고 살았지
그러나 당당한 가슴은
우리를 이렇게 살게 했다네

청춘의 너

가슴에 들어오게나
괴로운 마음 풀어주게나
내 어깨에 살며시 기대어

말없이 괴로움 딛고
서럽게 달려드는 가슴 남김없이
나에게 말해주오

머리 위에 세월이 짓누르고 있습니다
머리가 무거울 때 세상은 온통
청춘의 것이었습니다

세월이 휩쓸어갔습니다
한없이 아름답게 어루만져주고
화사한 젊음과 기쁨의 얼굴은
사라지고 말았습니다

너의 정열 열기의 사랑 어디로 가고
상처 입은 끝없는 밤들이
의식에 아직도 머리를 스쳐갑니다

가끔은 휴식을 취할 때 청춘이
되살아나 가슴을 스치고 갑니다
너의 신음소리는 나의 가슴을 무겁게 합니다

머리를 흔들어보았습니다
청춘의 머리는 가볍고 이제는 무겁습니다
아름다운 시간 세월이 앗아갔습니다

친구들이여

친구들이여
내가 알고 있는 사람들이여
자연의 아름다움에서
혼란의 사회 속에서
위안을 바라는 범부(凡夫)들이여

맑은 하늘에 파랗게 빛나는
밤하늘에 참고 견디는
괴로움을 아는 나그네여

야윈 손으로 비워둔 가슴으로
야망에 잠을 자지 못하는 친구들이여
세상을 방황하는 사람들이여

사랑도 행복도 없는
나그네로 살아가고 있소만
세상은 그렇게 낯설지 않은 곳이네

우리가 사는 이곳에 왔다 갔다 한
횟수가 얼마나 되는가
모르고 있지 않소!

이렇게 사는 게 우리 인생
참 얄미운 윤회의 그 길
알 수 없구려

짧고 긴 여행

맑은 하늘에 태양은 웃는다
철없고 경박했던 날 나는 기억한다
긴 여름 위안이 없는 들판에 서서
참새 떼 쫓아내던 날 가슴에 남아 있다

크고 작은 괴롭고 외로운 순간
가슴 쥐어뜯던 날 나는 기억한다
어느새 나의 청춘
세월에 희석되어 사라져간 오늘
긴 여행에 세월 잡는다

그날을 토해낸다
여름철 폭우 속에서
번갯불 섬광 빛으로 나를 치는 날
청춘은 번개가 잘라버렸다

내가 어디에 있는지 찾아보자
소나무 참나무 금강골 그늘에서
해를 피해 바람을 마시고 있다
그러나 나는 없다

여름철 구름이 지나가고
계곡에서 흐르는 물줄기는
소리 내며 흐른다

매미는 산의 노래로 흥겹게 바위를 흔든다
그러나 바위는 꼼짝도 하지 않는다
나는 긴 여행에
지나간 삶의 여행길 더듬어본다

안개 속의 몸부림

좁은 가슴에
바다와 하늘이 들어 있다
조그마한 눈짓에 부푼 마음
혼란을 일으키고
이른 아침 찬바람 불어도
삶은 삶으로 돌아오니
당신 그늘에 앉아본다

안개 속에 하나의 몸부림
영혼을 잠재우고
망각 그 뒤에 숨은 실체의 덫에 걸려

채우려 하는 가슴에 앙탈을 부린다
지나가는 바람도
봄의 고뇌를 엮어가며
세상을 노래한다

태양은 웃는다

세월을 훔치지 않았다
삶에 아직도 지치지 않았다
태양은 웃는다
인생의 괴로움 슬픔을 알고

괴롭다는 사람들 앞에
새로운 사랑 심어주고 싶다
가슴과 맥박 뛰게 하고 싶다

세상 원망하는 사람들
사회를 질타하는 인생 모두를
사랑하게 하고 싶다

청춘의 사랑 속에 정열 잊어본 일 없다
속삭이며 밤을 삼키던 날 잊을 수 없다
성스럽게 다가왔던 첫사랑의 순정은
청춘을 불사르고 말았다

이제는 그러한 사랑도 꿈에서 본다
젊은 가슴 앞에 나는 기도한다
머리 숙이며 인생의 삶을 바라본다

나는 죽음을 보았다

나는 죽음을 보았다
낙엽이 나뒹구는 것도 보았다
바람도 죽어간다
나무가 말라비틀어진 것을
보았다

산속 바위가 모래 속에
묻혀 죽는 것을 보았다
모래 속에 흙이 죽는 것을 보았다

바다 위 물고기가 하얗게
떠내려가면서 죽는 것을 보았다
들에 사는 짐승들 눈 감는 것을
보았다

꽃잎이 떨어지고 시들어
죽어가는 모습을 보았다
들에 나는 푸른 잡초가 바람에
나부끼며 흩어지며
소리 지르는 것을 보았다

수명이 다하여 말없이 꺼져가는
인간의 생명이 죽어가는 것을 보았다
피에 맺힌 한을 품고
차에 치어 죽는 것을 보았다

그러나 모든 것 다시 태어나기 위한
하나의 꿈이다
이렇게 갖가지 죽음 앞에
나도 죽어 다시 태어나련다

아니다
나는 인간사에 태어나지 않고
자연에 화하여 자연과 함께하고
무언으로 살리라

무지개 홍(虹)

태초에 만물은 빛으로부터 왔다
虹, 무지개 홍 자를 보라
꿈틀거리는 생명은 빛으로부터 왔다는 것

우주 근본은 태양이다
사람 근본은 마음이란다
그래서 태양과 마음은 같은 것이다

우주의 주인은 태양이며
나의 주인은 마음이다
태양이 빛이요 마음도 빛이다

마음 없는 범부 없고
마음 밖에 범부가 없다
사랑도 마음이며 미움도 마음이다

금빛 찬란한 부처도 마음이요
오라를 지닌 예수님의 빛도 마음이다
마음 밖 부처도 없고 예수님도 없다
진리는 오직 마음 안에 있다

사람마다 빛 없는 사람 없고
빚 없는 사랑이 어디 있느냐
마음 안에 자비요 마음 밖에 자비는 없다
사랑도 마음 안의 사랑이며
마음 밖에 사랑은 없다

만물이 산화될 때 빛을 내며 탄다
그래서 우리는 빛이다
빛을 안고 산다
빛과 빛이 만나서 불빛이 된다
사랑과 사랑은 빛으로 열매를 맺는다

빛은 생명이다 빛은 사랑이다
살아온 불이다
인간의 힘은 빛에서 왔다
초록빛도 태양서 얻어진 생명의 힘이다

인생은 사랑의 힘으로 좋은 꽃을 피게 하고
더 좋은 열매 맺는 묘한 인연으로
자연을 열어나간다

소유하지 않는 자연

세상 모든 것 가슴에 품었으니
얼마나 행복하냐
자연의 모든 것 받았으니
나는 부자가 되었다

자연은 소유하지 않아 보였고
늘 우리에게 주기만 했다
소유하지 않는 자연
우리 가슴으로 피어지기 원한다

진실의 아름다움 간직한 인간의 품성
세월에 혼탁되어
실체에 의존하여 망상으로 달린다

온몸에 따스한 붉은 피가 우리를 살리고
의식이 우리를 삶으로 이끈다
거짓 없고 진실 토하는 아름다움

겨울과 여름은 우리가 선택하는 것인가
시간을 받아 마시는 우리
후회 없는 가슴을 엮어가자

세월이 돌아선다 해도 미워하지 않으리
모두가 내 탓이니 너를 원망하지 않겠다
진실을 사랑하기에
포근한 가슴으로 후회하지 않으리라

하얀 마음 되어

검은 구름 가득한 하늘
천둥 번개를 동반한다
땅끝 마을 은둔한 묵직한 고뇌

포로가 되어 저항 못하고
한 편의 조각으로 남아 있다
번갯불 아우성치는 몸부림

새벽 공기 찬 이슬 빗방울 되어
금강 산야에 뿌린다
창가에 우는 비는 옥토를 즐겁게 하고

가슴의 숨은 사연 차라리 꿈이어라
고백하고 싶다
장마 빗소리 천둥소리 들리는
이른 새벽

지나가는 차량의 질주하는 모습
흔들리는 뇌리 망상 찾아오네
금강골 피는 꽃 인동(忍冬) 향
가슴에 불어오면 하얀 마음 되어

얼룩진 영혼
지난날 과업을 모아 장맛비에
씻게 하련다

여기서 살았노라

나는 이곳에서 태어났노라
여기서 살았노라

수만 년을 생각하고
억겁이 지나가도 나는 조국에
누워 있을 것이다

수없는 세월 꿈속 질주하니
세월을 어찌 헤아릴 수 있는가
일 년 삼백육십오일 지나가면
다시 찾아오는 수레

멈출 줄 모르는 시간
넓고 끝없는 벌판은 허공이다

그 사이 우리 삶이 이어지고
시간과 미래는 누가 만든 것도 아니고
누가 보내온 것도 아니다

우리가 오기 전에도 있었고
가고 난 후에도 있을 것이다

세월 한 점

파란 하늘 아래 가늘고 긴 구름
한 점 떠 있다
미풍이 불면 가만 움직인다

생각해보면 세월 가는 길에
구름이 간다
다시 오지 않을 세월을
우리는 마신다

그러나 세월은 다시 온다
꿈을 안고 다시 온다
바람과 함께 오리라
우리가 가고 난 후에도 다시 오리라
구름과 함께

어머니 숨길

바다 모래알만큼 많은
사연의 시간이었지요
어디서 왔다
어디로 가는 삶이기에

굽이굽이마다 젖어 있는
세월입니다

출렁이는 바다 물결
이어지는 모래알처럼

아직도 당신
눈빛은 푸른 하늘에 별빛 모양
찬란한 빛으로 이어지고 있습니다

당신의 소리 없는 숨결
들리옵니다

스쳐가는 소리
가슴 깊은 곳으로 들어오곤 합니다
전설의 고향처럼…

어머니 기도

어차피 흘러가는 삶
고달픈 인생
어쩌다 낯선 세상 태어나
울음소리 터뜨려
뱃고동 울리며
가슴 고통인 것 모르고

산신령님
기도하는 어머니
하늘 향한 향불
산화되어

길 찾아 오르는데
하늘에선 말 한마디
들리지 않는데

그래도
살다 보니 웃고 우는 날
모든 것 마음 안에 있네
시작은 울음이고
종점은 말이 없네

상처가 아물기 전에

조약돌처럼 삶의 틈에 끼어
눈동자는 빛을 내고
가슴에 남은 눈물 채 마르기 전에
세월 앞에 한을 그려본다

상처가 아물기 전에
세상 다하는 마지막 이별에도
세월의 굴레 앞에 비틀거린다

괴로움과 서러운 일 털어버리고
세상에 태어난 것
운명으로 삼으니

세월을 용서하고
내 가슴 용서하리니
야망이 터를 잡고
삶 이어온 시간들

가볍게 털어 비우고
훨훨 나는 새가 되어본다

가슴 안의 바다

언젠가 당신 얼굴 앞에 설 때
당신은 조금도 나를 기억하지 않았습니다
기억할 수가 없었습니다

슬픔을 안고 괴로움 버티고 있을 때
보살핀다는 생각도 없었습니다
세상이 당신의 것이 아니기 때문에

고독에 잠겨 거리를 헤매던 날들
모르실 것입니다
허덕이는 배에 냉수를 마시며
참을 수 없는 향수에 젖던 날들이 있었습니다

그러나 나는 기도를 했습니다
날마다 당신 품 안에 안겨 있던 날을 기억하며
걸었습니다

별을 보았습니다 무수한 별들 앞에 나는
울었습니다
이렇게 세상을 알게 한 어머니를
나는 사랑합니다

꿈

꿈을 꾸며 살아간다
빨간 봉선화 피어 있는 장독대
언저리

여름 꽃들이 고향 지킨
아름다움으로 살았다
대청마루가 있는 그 고요한 집에서
어머니가 잠재워주었다

이제는 집도 장독대도
봉선화도 없어졌다
지금은 그 위로
조상의 혼이 지나갈 것이다

고향의 정서는 장독대와
봉선화 채송화 분꽃
그리고
앵두나무 이외 꿈은 하나도 없다

늘 같은 꿈을 꾸며 살아가는 삶
한 가닥의 희망 가슴에 얹어놓고
오늘도 하늘 바라볼 뿐이다

비 오는 날

한 마리 산새가 운다
비 오는 날 바람은
나뭇가지 사이를 스쳐간다

멀리서 들려오는 고향의 소리
나는 가만 들어본다
가슴으로 고향의 그리움 그려본다

참새 떼와 함께 불어오는 바람은
나그네와 닮았고
고향 어머니 그리움은
먼 옛날 나의 영혼 불사른다

잊혀진 조국 오천 년의 역사
뒤돌아본다 조국의 수호신

한 그루 나무 한 마리 새가 되어
돌아온 나의 영혼에
너의 고향은 어디냐고 묻는다면
무어라 대답해야 좋을지 모르겠다

사랑은 거짓말

거짓에 울고 돈에 우는
사랑 되지 맙시다
사랑하는 것도 사랑하지 않는 것에
마음 주지 맙시다

찾는다고 찾아지는 사랑 없습니다
잡았다고 잡아보니
근심 걱정 만들어지고
실체가 움직이기 시작합니다

사랑은 보이지 않습니다
가슴에 숨어 있습니다
내가 나를 찾아 사랑합시다
가슴을 보며 살아갑시다

내가 나를 모르는데
어찌 내가 너를 알 수 있는가
하하 웃어나 봅시다

찾을 수 없는 가슴

어머니 베푸신 사랑
헤아릴 수 없는데
백발 되어도 여든 먹은
자식 걱정
어쩔 수 없네

어릴 때 부모 지극정성
은혜 헤아리지 못하고
자신이 부모가 되어 비로소
부모를 생각하니

자식이 그 뜻을 생각할 때
기다리지 못하는 삶의 이치
효도의 기회를 놓치면
하고 싶어도
찾을 수 없는 가슴으로 남는다

벼 이삭은

달려만 가는 위정자 아저씨
재산과 지위 믿고 기고만장
소리 지르지 마오

가난한 나그네 비웃지 마오
어쩌다 권력에 부귀 얻었다
뽐내지 마오

지위는 다르지만 삶 이어가는
밥통은 본디부터 평등하다네
지위가 높을수록 고개 숙이는
아량을 찾아보소

벼 이삭 익으면 고개를 숙이고
겸허하게 수확을 기다리네
빈 양동이 소리 내는 것은
빈말 아닌가

가득한 물동이 소리 나지 않는
지혜를 읽어보시게

4
바람은 멈추지 않는다

어진 백성 숨죽이는
가슴에 스며드는
분통 터지는 분풍일세
오, 하늘이여 우리가 가야 할 언덕
어떻게 넘어가야 합니까

 ・・・・・・ 나그네의 행복

하얀 연꽃

어머니 가슴에 하얀 연꽃
한 송이 피었습니다
가슴 안 고스란히 남겨둔 한을
보고 싶습니다

어머니는 서럽게도
한세상 어렵게 걸어오셨습니다
내가 알 수 없는 길 걸으셨습니다

억압과 역경 속에서
우리는 가슴에 안고 세월을 마셨습니다
어머니 가슴 알고 있습니다
참으셨습니다

세상 빛을 억누르고
세월 딛고 살아오셨습니다
나의 어머니는…

향수

서쪽으로 이어지는 바다
쌍선봉*이 바라보고
서래봉* 기웃거리며
봉래산* 얼굴 내밀고 있구나

지평선 끝 중국 땅
육지로 이어질 그 바다 너머
고구려의 정기 그려본다

월명암 낙조대
석양을 보며 손짓하고
산사에서 들려오는
노승의 목탁 소리는 잦아들고 있다

오르내리는 좁은 산길
피어 있는 들국화 향기
추억에 젖게 한다

들에서 자란 마음
푸른 하늘 아래 태양 그리워
함부로 내던진 흙팔매질
참새 떼 쫓아내고

고추잠자리 잡고
연못에 몰래 들어가 연밥 따다 혼쭐나던

아!
그날들 잊을 수 있을까

*쌍선봉, 서래봉, 봉래산: 변산반도 안에 있는 산 이름

울음으로 오는 비

먹구름은
하늘과 땅에 울음 남기고 간다
바람에 서린 가슴은
창밖 나뭇가지에 내려앉는다

먹구름이 울고 가는 날엔
눈물 자욱이 핏빛으로 변한다
어찌하여 백령도 앞바다를 밟는가

아마도
천안함의 함수와 함미가 갈라져
고귀한 생명을 앗아간 그날
기억하기 때문이다

참으로 가슴 터지는 순간 맞이하여
불굴의 주먹이 쥐어지는구나
핵보다 무서운 젊은 혈기
샘솟기 때문이다

동강 난 허리 철조망으로 채우고
함수가 함미와 갈라지니 참으로
피가 나는 소리 한없는

서러움으로 남는다

하나의 생명은 지구의 무게만큼 무거운
혼이 바다에 내려앉아 함수 함미를
끝까지 지키며 나라를 지켰구려

하늘과 땅이 울고 있다
산야에 바다를 만들고 있다
성난 울음은 우리 가슴을 덮친다

간절한 소망 하나

위정자 가슴에서 우리 건져주소서
검은 무리 자기 모르는
나라 모르는 자의 손에서 우리 보호하소서

가면의 환한 미소로
우리 지켜주는 척하지만
속으로 검은 마음 꾀하고
날마다 싸움할 것 궁리합니다
먹을 것 준비합니다

그들 손에서 건져주시고
참신한 선량으로 채우소서
어진 백성 몰래 함정 파고 있는 위정자
꽃 피고 새 우는 봄 모르옵니다

고양이 눈엔 쥐만 보이며
그들 눈에는 원수만 보이는데

정일이는 누워서 떡 먹고
앉아서 개발하고 있습니다
하나가 된다 해도 힘든 우리가 언제까지
그들 손에 놀아나야 합니까

힘 있어도 쓸 줄 모르고
활이 있어도 당길 줄 모르옵니다
우리는 바라옵니다!

강한 지도자 무심에서
어진 백성 아픔 보살피며
조국 지켜주는 지도자
주시옵소서

모래 위에 모래성 쌓아가며
살아가는 우리
흰 놈들 입김에 지상낙원에 사는
북의 횡포 속에
불기만 하면 무너지는
모래성에 살고 있습니다

그러고도 잘 사는 민족이라 자처하며
싸움질만 궁리하고 있습니다!
건너야 할 강 건너가게 하소서

바람은 멈추지 않는다

바람아 불어라 북풍도 좋다
병풍도 사라졌다
선풍이 무슨 바람이더냐

세풍은 어디 가고
네가 와서
세상 먼지 나게 하는가

바람 잡는 선수들아
살살 불어올 때
인정사정 보지 말고
어진 백성 백풍이 일어나기 전
잘 다스리소

청풍도 기다린다 노풍은 사라졌다
열풍은 타버리겠다!
편 가르기

편풍은 노풍이요
노풍은 항아리 바람이라
북풍은 공갈 협박 회오리바람인가
구걸 바람인가

검풍도 요사이 뜬다는데
바람아 멈추어다오
어진 백성 가슴에 부는 바람
이렇게 숨 가쁘게 부는구나

정가에 떠도는 바람
어진 백성 숨죽이는 가슴에 스며드는
분통 터지는 분풍일세
오, 하늘이여 우리가 가야 할 언덕
어떻게 넘어가야 합니까

지혜를 설계하라

비록 권력과 재력이 있다 해도
생활에 윤리와 도덕 없는 위정자는
법 있는 곳으로 모여들고
지키지 않는 허구를 쌓고

앵무새 무리는 조국 위한다고 하지만
지혜 없어
아우성치는 백성 가슴 헤아리지 못하고

보물은 우리 가슴에 있는데
북으로 가는 것이
참으로 어리석은 위정자 가슴이로다

권력 쥐고도 배가 고픈 행세하는가
너도 살고 나도 사는
자유와 평화가 있지 않은가

어찌하여 권력으로 법을 짓누르고 있는가
사람이 먹는 것과 입는 것 떠나면 살 수 없듯
권력이 법 떠나면 살 수 없는 허수아비 되네

정치는 법률에 기반을 두고 행해지지 않으면
멸망에 이르는 교훈 모르는가

소리소리 지르는 위정자여
자기 바라볼 수 있는 가슴 열어보소서
지혜 찾아 자신을 바라볼 수 있게 하소서

남의 마음 자기 마음으로 하려는 망각
스스로 판단하여
권력이 영원한 줄로 착각하지 마소서

임이 그리워

오천 년 동안 임 생각으로
봄길마다
세상에 피와 눈물로 얼룩진
임을 생각합니다

모든 것 중에서
임보다 귀한 것은 없습니다
내가 존재할 수 없기 때문입니다

삶이 고달프다 해도
나는 오천 년 묵힌
장독대며 우리 혼을 사랑합니다

구부러진 혀에
짧은 언어가 아니어도
나는 한글을 알기에 임을 더욱 사랑합니다

임이 없으면
나 또한 존재의 의미가 없습니다
갈라진 우리 혼이지만
언제인가는 하나로 세상을 열어갈 것입니다
임보다 더 아름다운 땅이 어디 있습니까

너를 사랑한다

오천 년 동안 조국을 사랑하고
노래한 사람들 사랑한다
궁중의 화려한 꽃들이
왕족을 싫어한다
서러워한다

무너진 민족 역사를 찾아가자
지금까지 살고 있는 사람들 없어지고
민족의 역사가 찾아지는 날 사랑하자

태어나지 않고 있는 민족
꿈속에서 쉬고 있는 사람들
넓은 역사를 가진 사람들 사랑하리라

별 같은 그들의 가슴 사랑하리라
꿈을 찾고 마는 민족을 기억하리라
태양은

하늘이 웃는다

이 시대가 어느 세상인가
자중하는 가슴 필요할 때다
나라를 지키는 일은 진보도 보수도
우리 것이 아니라는 신념이 필요하다

자유 평화 발전 창조의 힘으로
사랑을 해야 한다
사랑이 없다면 창조가 되겠는가

가련하고 불쌍하도다
정치는 혼자 하는 것이 아니다
너도 있고 나도 있고 백성이 있다

벽을 보고 투쟁하는 것도 아니요
권력 가지고 영원하다 생각하는
어리석은 위정자가 많으면
나라가 이렇게 혼란스럽다

어지러운 민생 없고
어진 백성 가슴 보지 않고
가슴속엔 무엇 담고 있는지
조선의 피가 마르네

망망대해에 오른 배에
등대가 보이지 않네
이것저것 생각하니
가슴은 터질 것만 같네
어진 백성 피가 마르네

찾을 것은 아무것도 없다

찾을 것은 아무것도 없다
찾는다고 찾아지는 것 아니다
욕심 부린다 해도 세월 앞에
어찌하겠소

인생을 찾는다고
어디 가서 찾을 수 있을까
허공을 움켜쥐는 것이
더 쉬울 것이다

찾을 것은 자기 자신을 찾는 것
그것만이 최상의 길이다
자신이 어디로 가고 있는지
어디에 떠 있는 물거품인지

무엇을 가지고 이 세상에 태어났는지
빈손으로 왔지 않았는가!
권력을 손에 쥐고 왔는지
아무것도 없이 빈손으로
울음만 가지고 왔다
울음도 세월 앞에 놓고 간다

가지고 갈 것은 아무것도 없다
다만 우리 의식만 존재한다
의식도 바라보지 않는 한
볼 수 없다

아름다운 보배는
우리 가슴 안에 들어 있다
다만 찾아내지 못할 뿐이다
가슴을 숨기며 막말하지 마라
찾을 것은 조국이다
조국도 우리 가슴에 있다
살아가는 삶 속에 있다

진달래

비탈진 바위틈에
피어 있는 진달래
외롭게 흔들리며
지나가는 실바람에 흐느낀다

누가 보거나 말거나
진달래는 피고 진다
옹기종기 피어 있는 그 꽃
잡초 사이 산바람 마신다

연분홍 치마 곱게 단장한
꽃 한 송이 미소 짓고
깊은 산 속
메아리 지키는구나

세월 안에 흐느끼는 인연
오고 가는 길손에 한국의 가슴
환하게 웃는다

진달래는 울고 있다
검은 꽃잎
세상 웃기고 있다

일억 원 상품권
진달래는 알고 있다
어진 백성 청순한 가슴

푸른 기와집 황금 어장 둔갑하는
묘한 나라 우리나라
갈래갈래 찢어진 진달래 꽃잎으로

가슴 가리며 훈풍 기다리는
어리석은 졸부들
한없이 가슴앓이하는 어진 백성
하늘 바라보니
이마 주름 하나 더 그어지는구나

아름다운 세상

도심의 소리
몸부림쳐도
눈빛은 찬란하다

속고 속이는 고함
무법천지
시궁창 흐르는 소리

슬피 우는 어진 백성
소리 없이 가슴으로 운다
눈물 없는 눈물이 고인다

양아치는 양아치
겉과 속 다른 탈을 쓴 꾼들
여의도 쓰레기통

들끓는 소리는 오늘도
어진 백성 가슴 메이게 하는구나

가면의 그림자

정치의 선진화는 앵무새
세상 어지럽게 하는 자
윗물이 시궁창이네

흩어진 은하수처럼 변해버린
권력의 시녀
세상은 침묵으로
바람찬 세모에
서민들 한숨으로 이어진다

아름다움으로 치장된
가면의 그림자
알맹이 없는 선진화 사업
겉치레 반드레하구나

갈등은 깊이 파고들며
내실없는 정가의 외침
참으로 가슴 아프구나

오늘의 시대

인간의 가슴은
높은 자리를 탐내고 있습니다
사람은 높은 자리 안락한 자리에
앉고 싶어합니다

암투가 보이지 않게 싸우고 있는 것
우리를 슬프게 합니다

아무것도 생각하지 않고
높은 자리에 앉고 싶어서
갖가지 위선이 살아나고 있습니다
거짓이 양심의 소리로 변하여
소리 지르게 됩니다

소리 지르다 많은 사람은
컴컴한 방에 앉아 있습니다
빛은 잃고 암흑에 들어앉아 있습니다
오늘의 시대 우리는 참으로 많은 것을
보고 느끼고 있습니다

자리가 사람을 만드는 게 아닙니다
사람이 자리를 빛나게 해야 합니다

어진 백성은 늘 자리를 빛나게 하고 있습니다
말없이 소박하게 살아가는 모습
그 자리가 높은 자리입니다

높아질수록 자기를 낮게 만들어가야 합니다
권력과 손잡고 아부하다
말년에 많은 고난을 받는
착각에 살아가는 위정자를
우리는 보고 있습니다

합당한 가슴으로 먼 미래세(未來世)의 조국 혼을
그려보는 아름다운 시간에
자기 자리를 살피며 앉아야 할 것입니다
내가 무슨 꾼인가 살펴야 합니다

독버섯

지도자 가슴 마음과 생각에
어진 백성 안아볼 때
이미 지도자 가슴에는
아름다운 꽃이 피어 있을 때다

지도자 몸이 아름다워야
다른 사람들의 몸도 마음도 아름다워진다
세상 마음들이
흔들리며 까맣게 타고 있는데

철길에 어진 백성들이 서성이고 있는데
달려만 간다면
꿈꾸는 백성은 어찌 되겠는가

공자도 '수신제가치국평천하' 라고 하였다
선도적으로 조국을 안아보아야 한다
소리소리는 앵무새도 할 수 있다

어진 가슴 헤아리지 못하면
남을 지도할 수 없다
가정도 마을도 사회도 국가도
혼란과 부정부패 척결하지 못하면

독버섯 움트는 것이다
독버섯을 먹어버린 후 어찌하겠는가
참으로 가슴 아프다

망치고 사는 삶

망할 놈의 세상 노래하지만
힘 모자라는
나만 망한다네

망아 철조망아
너는 반세기 동안 눈비 맞으며
몰아치는 비바람에도
땅굴 위에 침묵으로
세월 삼키고 서 있구나

조국의 비극인가 민족 수난인가
왜놈 치하에 해방된 민족
망치고 사는 민족 되어
슬픈 민족 되어

민족의 삶이 이렇게
갈리게 된 것이 우리 잘못인가
흰 놈 잘못인가
검은 놈 잘못인가

아, 하늘은 알고 있으리
망은 알고 있으리

우리 한 서린 가슴

녹슨 망은 무너진다 하지만
보이지 않는 또 하나의 망은
어찌할거나

동방과 서방은 어찌할거나
치야 치야 양아치야
누구의 착상인가 권 치여 돈 치여
위정자 가슴이여

당신 피가 배달의 혼이란 말인가
이 슬프도디!
우리 민족이여
보이지 않는 망은 어찌할꼬!
이 슬픔 이 고통
먹고사는 위정자 아저씨여

가슴 열어보소서
오! 신이여 진정 당신이
우리를 사랑하신다면
우리 삶에 침범하소서

개미 마을

개미는 많아도
일할 개미가 없다면
개미굴은 지상낙원 같이
굶어죽는 사람 많을 것인데

사람은 많아도
일할 사람 없다면
우리가 사는 이 토끼굴은
어떻게 될 것인가
무너지는 토끼굴 되겠네

쉽게 벌어서
쉽게 먹기 위한 기이한
우리 현실
누가 이렇게 만들었는가!
어미가 자식 버리고
자식이 어미 죽이는 오늘의 기이한 시대

일할 곳 없다 소리 지르지만
외국 근로자는 일만 잘하는 사회
늙어지면 일 못하나니
멋진 삶은

이마에 땀 흘리는 모습이라
땀방울에 조국의 얼이 숨어 있다오

꼭 이 시대가
주먹으로 못을 박는
시대 같구려

자그마한 집

동강난 허리
산모퉁이에
자그마한 집을 짓자

북으로 가는 길 터에
백두산 가는 길 이정표 만들자
남으로 내려가는 길목에
한라산 가는 곳 만들어놓고

텃밭에 상추 심고
파와 고추 마늘을 심자
생강도 심어 김치도 담그자

노란 호박꽃 벌들이 춤추는
여름날 하늘을 바라보자
산에 피는 아지랑이 바라보자

북으로 가는 백두산 길목에
무궁화 심어놓고
가슴을 달래자

남으로 가는 길에 사랑을 심고
평화를 심어
우리 하늘을 바라보자
그래서 통일된 조국을 만들자

우리의 사랑

영혼의 느낌
마음으로 그렸습니다
아름다운 영혼이 서로 만났습니다
외로운 영혼끼리 만났습니다
너무나 차분한 향기
하느님의 사랑으로 당신의
향기에 취했습니다

사랑이란 하나의 단어 앞에서
부끄럽지 않고
부드러운 미소로 서로를 확인하고 싶습니다
어쩌면 영혼 소통의 순수함으로
사랑하고 있습니다

사랑으로 만나 가슴으로 전하고
눈으로 친근함을 열어가는 사랑
먼 곳에서
아주 가까운 곳에서
얼마나 멀고 가까운지 모르지만
그저 만남의 거리를 잊지 않고
추억 속의 친구처럼
사랑을 전하고 싶습니다

어설픈 마음일지라도
초라한 인생일지라도
이해할 수 있는 마음으로
우리는 영혼으로부터 만났습니다

늘 같은 꿈을 꾸며 살아가는 삶
한 가닥의 희망 가슴에 얹어놓고
오늘도 하늘 바라볼 뿐이다